DISNEY · PIXAR

熊抱青春記

新雅文化事業有限公司
www.sunya.com.hk

美美的家

李美蓮（美美）

才學兼優的美蓮是出色的初中學生：成績全A，樂隊裏表現出色，還跟好友計劃要改變世界。她在媽媽眼中也是完美的，是乖巧聽話的女兒，每天按時完成家務，努力地討她歡心。其實，美蓮的生活宗旨就是「尊敬父母」，她把生活過得讓人看起來是如此輕鬆順利……直到她發現了一個重大秘密，原來家族背後藏有古老的魔法。從此，很多事情都超出美美的控制，尤其是她要面對高低起伏的情緒變化，還有一身紅毛！

李鳴

美蓮媽媽很優雅，但也很嚴格，她一直把自己和一切事情掌控於手中！李鳴忠心地守護李氏宗祠。多年來，美蓮一放學就趕回家，幫媽媽清潔和打理宗祠，並接待訪客。

完美主義的李鳴要求她的寶貝女兒把事情做到最好，而美蓮也盡她所能讓媽媽高興。無論如何，李鳴是很愛家人的。

阿進

沉默、體貼的阿進，緩和了妻子李鳴的剛烈性格。他喜歡為家人做飯，熱衷園藝，也很疼愛女兒美蓮。當女兒因青春期的煩憂與母親起衝突時，阿進總是盡力調解，維持家庭和睦。

小熊貓美美

初中已經夠多挑戰了，但想像一下，你每次大笑、哭泣或發脾氣，都會變成一頭巨型小熊貓時，你該如何面對身邊的朋友？美蓮一激動就會「噗」的一聲變成一頭八尺高、情緒爆發的小熊貓，擺着很可愛但具有極大破壞力的毛茸茸尾巴，這使她惶恐不已。

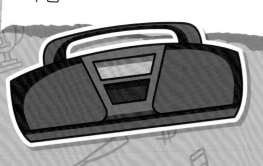

與美美走過成長路的他們……

阿Mi

美蓮的好友之一，十三歲的阿Mi的確是個很好的朋友——有義氣、風趣幽默、懂得鼓勵人。她常勸美蓮參加即興舞的派對，或把珍藏的4-Town專輯借給她。美蓮想要獨立，不再依賴媽媽時，她也百分之百地支持她。

佩瑩

在美蓮的好友圈中，佩瑩大概是最穩重的一個。不過，她的好友都知道，她經常會做出一些令人意想不到的舉動，而且是個冷面笑匠。她會毫不猶疑為美蓮挺身而出，尤其是對付那個超級笨蛋大力。佩瑩跟其他三個好友一樣，對4-Town 非常着迷。

阿爆

阿爆是個身材小而情義重的朋友。她個子雖小，卻會大力保護自己的好友，而且對於任何冒險都躍躍欲試。她凡事充滿熱情，從參與環保計劃到挑選最帥的男子樂隊（當然是4-Town）都熱情滿載！對於任何人招惹她的朋友，她都會磨拳擦掌，隨時準備出擊。

大力

美蓮的死對頭大力有個討厭的習慣，就是在發生尷尬的局面時，偏偏在最壞的時刻現身，使情況變得更糟糕。他喜歡捉弄和取笑別人，從不錯過任何一個落井下石的機會。事實上，大力耍流氓和惹事生非的行為是他保護自己的方式，因為他不希望別人視他為失敗者，但他也因此沒什麼朋友。

4-Town

2002年全世界最受歡迎的男子樂隊是4-Town（奇怪的是，這樂隊有五個成員）。路比亞、太陽、傑斯、AZ和AT不僅是優秀的歌手和舞者，他們還會自己創作歌曲。難怪美蓮和她的好友都渴望嫁給各自仰慕的樂隊成員，而且願意為他們不惜一切，包括為了買門票去演唱會而發起的「4-Town演唱會掙錢大計」。

外婆

李鳴有個嚴厲和愛批評的母親，她對女兒和孫女的期望都很高。幸好外婆在多年前就把宗祠交給了李鳴，所以現在隔空評論一下女兒的生活，就心滿意足了。不過，當她懷疑李鳴讓小熊貓美美情況失控時，她便立刻出現在李家門口，還帶了好幾個親戚回來主持大局。

「我是一個毛茸茸的
計時炸彈呀！」
——美蓮

「我家家規第一條
就是尊敬父母。」
「但如果做過頭，就可能
會忘記尊重自己了。」
我是李美蓮，一到十三歲，我想做什麼，就做什麼！每天二十四小時，一年三百六十五日，日日如是！
THIS GIRL LOVES MATH
CHINATOWN
穿我想穿的，說我想說的，就算心血來潮想翻個筋斗，我也會毫不猶疑地去做！
我不是在吹牛，十三歲代表我已經正式成為大人了，至少多倫多交通部是這麼規定的。

「死黨集合！」
阿Mi！
嘿！
哈哈！
佩瑩！
嗨！
Nightfall
save the planet
阿爆！
哈囉，美美！
一羣多事的怪人。
準備好改變世界了嗎？
減少使用塑膠！
保護環境！
同學們，醒醒吧！現在是2002年了，學校餐廳仍在使用塑膠杯！
姊妹們，繼續說！
救救地球
塑膠危害環境！

「我想做的事情一大堆，但我已經是中二生，不能浪費時間了。」
叮噹叮噹叮噹叮噹
Daisy Mart
CONVENIENCE STORE
今年肯定是最精彩的一年！
LOTTO
STAMPS
MILK
MAGAZINES
FAX
ATM
呃……迪雲！
噢！他看起來好像個流浪漢……
迪雲
Lip Balm
讓我來提醒你們真正的帥哥是什麼樣子的！
Meet the boys!
Jesse
4-Town！
我們是4-Town的粉絲，記得嗎？不離不棄！
沒錯，但4-Town的演唱會門票是天價，而迪雲就在眼前。
啊！我要走了，今天是清潔日！
1202

「我們家經營唐人街
其中一座最古老且最
有特色的廟宇。」
「我們不供奉神明，
只供奉祖先。」
李美蓮
媽媽，
你看！
你遲了十分鐘！
受傷了嗎？餓不
餓？在學校過得
怎樣？
照例十全
十美，又是
全部A！
準備好了嗎？
開始吧！

我們最尊敬的祖先新怡是一位學者、詩人，也是動物的守護者！她將一生都奉獻給森林裏的動物，尤其是……
小熊貓！
噔噔！
嘩！好可愛！
從此以後，小熊貓就帶給了我們家族好運和繁榮。牠也能保佑你們的家族！
再見！多謝光臨！
下次見！
擊掌慶祝一下！
好呀！

李家的房子。
「早知道他就應該聽他媽媽的話娶了令儀。」
「絕對同意，小菊很是虛偽。」
她只是利用他來奪皇位，婚禮當晚她可能會一刀把他刺死。
媽媽，你說得沒錯！
晚餐後，美蓮在功課上隨手亂畫……
嗯……有點像……迪雲，也不知道阿Mi看上他什麼……
好吧，我想他的肩膀是有點好看的。
他的眼睛……還可以……
美美？

美蓮急忙把筆記簿藏起來，不希望媽媽看見。
要不要吃點心？
這是你的功課嗎？
媽媽，不要打開——
啊！這是誰？他對你做了這些事嗎？
他只是個小男孩！媽媽，這些都是我亂畫的，不是真的！
那頂帽子！他不就是……黛絲便利店那個粗野的店員嗎？

過了不久，在黛絲便利店……
不，不，不要！
你這個混蛋！
迪雲
你對我家美美做了什麼？
呃，誰是美美？
這是什麼？
我應該報警把你抓走！
媽媽，求你不要這樣。
真是個怪人！
幸虧有我在，那個敗類肯定不敢再接近你。

沒事的，你可以搬到別的城市，換個別的身分。
你怎會畫出那麼可怕、低俗的東西？
嗚嗚！媽媽，對不起！
這種事絕不會再發生的。
唉！

第二天早上……
美美！起
牀了嗎？
早餐做好了！
來了……
啊——
你沒事吧？
這不是真
的！這不是
真的！
醒過來！
醒過來！
醒過來！
是……是不
是……「姨
媽」來了？

不是！也有可能吧？
美美，不用擔心，有媽媽在！我這裏有你需要的所有東西！止痛藥、熱水瓶，還有衛生巾，普通型、夜用型、有香味的、沒有香味的……
太好了……放在洗手盆旁邊就可以……
你現在已經是女人，身體自然會有變化……沒必要感到難為情！
媽媽！別說了！
嗶嗶嗶
煙霧感應器響了！
我的粥！

呼……冷靜……深呼吸……
噗
怎麼了？
太好了！
噗
不！
我很平靜……放鬆……
噗
好吧，沒什麼大不了的……你一定知道要怎麼做。
保持冷靜……你現在絕對是個成熟的……大人。

我知道「姨媽」來了會令你感覺很奇怪，但肯定沒有人會注意到。
媽媽，謝謝你的關心，但我不會有事的。
CANADIAN INDIGENOUS PEOPLE'S HISTORY MONTH
咦……怎麼戴絨帽了？
嗯，今天頭髮難看死了。
美美，我們必須聊一聊。大力見到人就說黛絲便利店的事。
他說你媽媽氣瘋了。
還有，他說你是偷窺狂。
我才不是……

啊！
美美，大力一直在貼這些畫。
住嘴，大力笨蛋！
哈哈哈！
「啊，我親愛的迪雲，是多麼有男子氣概……」
我要把他殺了！
嘩！
噗
等一下見，書呆子！
嘻嘻，我有事先走了！午餐再見！

稍後，在數學課上……
你怎麼了？你有點不對勁。
我只是……對這題數學很感興趣。
Quadratic Formula
好了，同學們，我們一起來看……有趣的二次方程！
Homework
唉！
你媽媽在外面。
不，不，不會的！
咦，你是什麼人？
我的孩子在這間學校讀書。
美美！告訴他我是你媽媽！告訴他你忘了帶衞生巾！

啊——
咳咳咳
美美！回來呀！
我要回家，趕快躲起來！
美美！停下來！
老公！快回家！有緊急情況！
是女人的那種嗎？
不是！是另一種！

啊！有怪物！
快跑！
美美！
美美？
嗚嗚！別看我！走開！我到底怎麼了？
乖女兒，沒事的，有媽媽在。
已經發生了？
老婆，是時候了。
你說什麼？

正如你知道的，
我們的祖先新怡跟
小熊貓有一種神秘
的連繫。
其實，是因
為她太喜歡
牠們了……
……所以她請
求神靈把自己
變成小熊貓。
那是戰亂時
期，所有男人
都不在。
新怡想盡辦法
保護自己和她
的女兒。
於是有一晚，
就在月食時，
神靈滿足了她
的心願。
祂們賜給她一種能
力，使她能利用自
己的情緒，化身成
一頭強大的神獸。
新怡的女兒長
大後繼承了這種能
力，接着她們的女
兒也都繼承了。但
多年後……
本來的福氣，變
成了……麻煩。
你説真的？
她的本意是
祝福呀！
這是詛咒！
你詛咒了我們！
都是你的錯！
你為什麼不事
先警告我？
我以為還有時間！
我以為每天盯着你，
一旦發現異狀，就可
以做準備！
但你不會有事的，我
已經能夠控制牠，你
也一定做得到。

「下一次月食時，你要進行一個儀式，將你的小熊貓精靈封印在一個吊墜，然後就可以恢復正常，一勞永逸，像我一樣。」
噗
「但任何強烈情緒都會將小熊貓釋放出來。釋放的次數越多，儀式的難度就越高。」
求求你……自己消失吧！
「小熊貓有牠黑暗的一面。你只有一次機會將牠趕走，絕對不容有失。否則，你永遠無法恢復自由。」
啪啪啪
美美，是我們！快開窗呀！
「距離下次月食的時間只有一個月，就在25日那天。」
我們很擔心你！
還以為你太尷尬而死掉呢！
你還好嗎？如果你聽見我們，就敲一下窗吧！
你們在做什麼？走開！
IN CONCERT
別在意那件事了！4-Town 要來多倫多了！就在5月18日！

什麼？
啊——
噓！是我，我是美美！我現在放開手，但你們一定要冷靜。
好有型！你是狼人嗎？
美美，到底發生了什麼事？
你變成小熊貓！毛茸茸的好可愛！
嗯，怎説呢，我遺傳了媽媽一些麻煩的基因……
牠會消失的……遲早……嗚嗚！
我是怪物，你們不用管我，嗚嗚！
噢，美美，你會沒事的。
謝謝你們，你們真好！
美美，不管你是不是小熊貓，我們都愛你！
你是我們的好朋友。

嘩，美美！
噗
你變回自己了！看起來很好呀！
啊，牠消失了嗎？
暫時是這樣，但如果我太激動，牠就會馬上回來——
哎呀，阿爆，你在做什麼？
感覺有點……奇怪。我的天！我居然平靜下來了。
你們身上似乎有些東西能安撫小熊貓！我的生活可以恢復正常了！
不，而是變得更好——你還可以和我們去看4-Town！這可能是我們一起看他們演出的唯一機會！我們今晚都會問准爸爸媽媽！
我們要為自己爭取！
是呀，你去還是不去？
4-TOWN IN CONCERT
BREAKING FREE WORLD TOUR '02
我不能問媽媽。我是一個毛茸茸的計時炸彈呀！
你會變身的事很神奇呀！而且你現在已經能控制牠了！你只需證明給她看，她一定會讓你去的。

當晚，美蓮的父母給女兒安排了一些測試，考驗她控制小熊貓的能力。
我準備好了。
森林被砍伐了。
嗯——
猩猩發出哀嚎。
呃——
拼字比賽你只獲得第二名。
只得第二名，太……可惜了。
這些小貓真可愛。
怎麼可能？你裏頭的小熊貓怎麼了？
我一開始激動時，就會想着那些我最愛的人就是……你們。
這件事既然解決了，我只有一個小小的要求……

幾分鐘後……
不行！絕對不行！雖然你在家能保持平靜，但去演唱會是另一回事！你在那裏肯定會隨時變成小熊貓！
什麼？但這是千載難逢的機會！
讓我去演唱會的理由
莫札特
貝多芬
4*TOWN
或者我們應該信任她。
我不信任的是他們！看看那幾個奇裝異服的少年，哎，還有那種不正經的舞！
演唱會絕不能去，此事到此為止。
難道只有我看見這件事有多危險？你是不可能控制住小熊貓的！
鈴鈴鈴
是你媽媽找你。
阿嗚，美美的事我都知道了。
媽媽，我正要打電話給你，但一切都還好，儀式的事我會自己處理……
就像你處理美美上新聞的事？
我現在就出門，也會帶上幫手。

第二天……
美美，保持冷靜。
我不會妥協。我們一定要去演唱會！我從未要求過什麼，從小到大我都是她完美的美美。
如果他們還是不信任我，我努力做的一切又有什麼意義？
嘩！你是誰？我好喜歡你這個樣子！
反抗強權！
這不僅是我們的第一場演唱會，也是證明我們已經長大，可以獨立處事的第一步。我們必須一起行動！
對！演唱會當晚就說是在我家過夜。
同意！我媽媽一定不會知道的。
現在我們只需要掙錢買門票。好好想一下方法吧！

「4-Town演唱會掙錢大計即將開始！4-Town將在5月18日到多倫多。我們的目標是買四張門票，一共八百元。」
「第一步：安撫皇后。」
美美，你要參加數學學會的活動？以你的身體情況，不是很危險嗎？
成績表上缺少參加課外活動的經驗才危險呢！
「第二步：發放消息。」
JOKIA
黃金機會！速到202室與小熊貓合照
OK
end
「第三步：推出小熊貓紀念品增加收入！」
太好了！
Panda POWER
就這麼做！

五，十……唉！這個星期六就是演唱會了，但我們還欠一百元！
李美蓮，我有話要跟你說。
大力，你躲在這裏是要監視我們嗎？
隨便你怎麼想！但我懷疑你媽媽還不知道她的小寶貝美美在學校到處炫耀小熊貓。
啊！
一道怒火閃過，美蓮噗的一聲變成了小熊貓，但冷靜下來後，又噗的一聲變回女孩。
你想怎樣？
我想舉辦一個最棒的生日派對，史無前例的那種。
派對日期是這個星期五。只要你在場，所有人都會來。
好吧，我答應你，但你必須給我一百……不，是兩百元。
好。
小熊貓只會來一小時，而且我們是不會帶禮物去的。
成交。

大力舉行生日派對的晚上……
爸爸媽媽，我要去數學學會的活動了！
等等！我做了你最愛吃的食物！
謝謝，但是……阿Mi的爸爸已經訂了薄餅。留菜給我好嗎？
不如我跟你一起去？你可知道，我中二時是數學學會的冠軍。
Panda Gifts!
禮品店
Gift Shop
好呀，但今晚電視有你最愛看的《宮心慾孽》，你不能錯過，對吧？
讓我想想，誰最弱？佩瑩和阿爆也算聰明，但阿Mi……
而且現在很塞車呀！
我的意思是，她人很好，但可能會拖你後腿……
媽媽，我不要你去！
吱嘎吱嘎

阿姨？你們為什麼來這裏？
當然是為了月食儀式！
美美瘦了！
不，胖了才對！
長得真像媽媽。
外婆。
媽媽。
可憐的孩子，將那頭任性的野獸控制住一定很不容易吧。
現在整個家族都在這裏，我們會把一切處理好的。

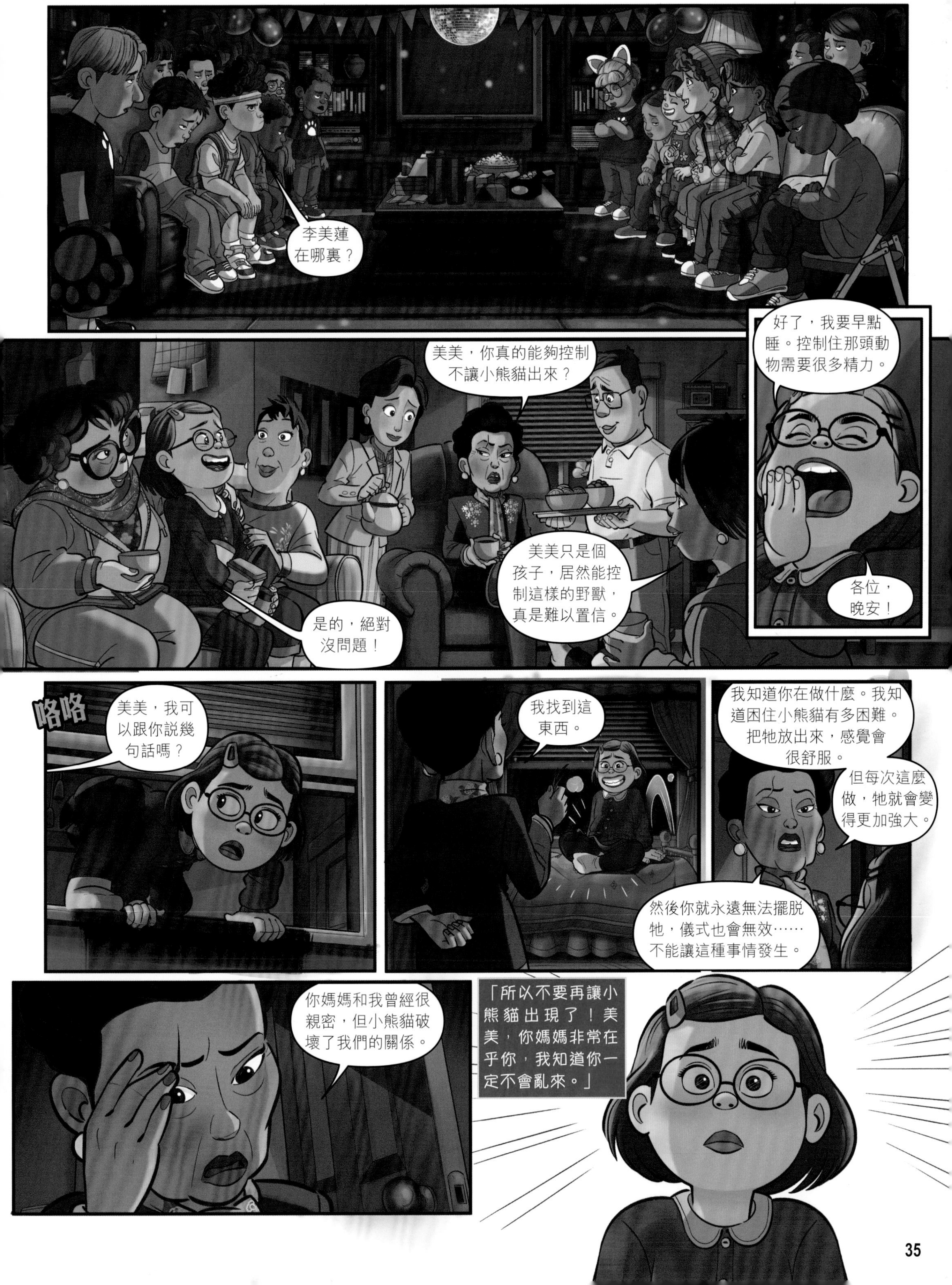
李美蓮在哪裏？
美美，你真的能夠控制不讓小熊貓出來？
美美只是個孩子，居然能控制這樣的野獸，真是難以置信。
是的，絕對沒問題！
好了，我要早點睡。控制住那頭動物需要很多精力。
各位，晚安！
咯咯
美美，我可以跟你説幾句話嗎？
我找到這東西。
我知道你在做什麼。我知道困住小熊貓有多困難。把牠放出來，感覺會很舒服。
但每次這麼做，牠就會變得更加強大。
然後你就永遠無法擺脱牠，儀式也會無效……不能讓這種事情發生。
你媽媽和我曾經很親密，但小熊貓破壞了我們的關係。
「所以不要再讓小熊貓出現了！美美，你媽媽非常在乎你，我知道你一定不會亂來。」

我就知道她靠不住。
再等一下！
叮噹
嗨，大家好，我來了！
我付錢要的是小熊貓，不是這樣的垃圾！
你還好嗎？
不好意思，我真的不能再變成小熊貓了，對不起！
好吧，好吧，你不需要這麼做。我們再想想辦法……
演唱會我不去了。我們的錢只夠買三張票。
我留在家好了。
不，我留在家。
姊妹們，如果不能一起去，那麼誰也不應該去，對吧？
只做最後一次……
噗
我們一起為壽星鼓掌！

你們確定那間酒店沒問題？
還不錯，至少有免費早餐。
快去休息吧！你看起來很累。
晚安，阿嗚。
阿嗚，這是關鍵時刻，你必須對美美強硬一點。
不要讓她離開你的視線。
好的，媽媽。
這是怎麼回事？
FUR BABY
噢！這是什麼？
TYLER'S
PANDA!!!
FRIDAY 7PM
456 WILLOW GLEN TERRACE
啊！人呢？

太好了，我們成功了！可以去看4-Town了！
美美，你不做那個儀式會怎樣？你留着小熊貓又會怎樣？現在你會反抗了，我為你感到自豪！
我媽媽一定會瘋掉！她把所有希望和夢想都寄託在我身上。
但這次如果不是因為你，事情也不會那麼順利。你真行！
接下來是4-Town！他們會在25日來到多倫多，大家趕快去買門票吧！
噗
阿爆，你明明説演唱會是18日！
是這樣呀！他説錯了。看！
呃，這裏寫的是托萊多。
不好了，演唱會跟月食儀式撞了日子？
你們在做什麼？我們要再騎小熊貓！還想掙錢嗎？
現在就給我下來！
滾！給我滾！
你滾出去吧！回到你那神經質的媽媽身邊，還有那個陰森森的宗祠，怪人！
你敢再説一次！
啊——

非常抱歉，
她從來沒有做
過這種事情。
她是野獸！
算了，派對到
此為止，大家
都回家去吧！
沒想到你們
幾個會這樣利
用她！
我們
沒有。
絕對
沒有。
美美，你
告訴她。
她是個好女孩，
你們就利用她。
美美，
我們走。

一星期後……
4★TOWN
4★TOWN
TICKETS HERE
要幾張票？
唉，三張，謝謝。
4 EVA
美美，不用擔心。我當術士已有五十多年了。
這是小事一樁。
很久以前，神靈給了我們家族的女性一個巨大的挑戰。美美，今晚輪到你了。
就像在座每位女性一樣，你也會驅除體內的野獸，成為真正的自己。願新怡指引你，保佑你平安無事。
是的！是的！
別搞砸。
時間快到了，月食快要開始。
美美，趕快去準備。

爸爸，我快準備好了。
你媽媽有沒有跟你提起她的小熊貓？
沒有，她什麼也不肯說。
牠的破壞力很強，幾乎把半個宗祠都拆了。
你看見了？
就一次。那天她和你外婆吵得很厲害。
為了什麼？
你的外婆不接受我。
但你要知道，你媽媽當時……非常優秀。
每個人都擁有很多面，有些確實是……亂七八糟。
關鍵不是將負面的東西推開，而是要給它空間，與它並存。
美美，時間到了。

不要走出圓圈。
只要月亮發出紅光，神靈的國度就會開放。這圓圈就是門。
唯有我們發自內心地誦唱，這道門才會打開。唱什麼都可以，我本人喜歡美國歌王東尼·班納特的歌，但你外婆是老一派的。好了，專心聽他們的歌聲……
大聲點！再大聲點！
可敬的祖先新怡，請引領這個女孩走過內心的風暴，把小熊貓精靈送回原來的地方。

在神靈的國度……
新怡……
美美，你可
以做到的！
美蓮想起自己變成小熊貓時所經
歷一切好與不好的時刻，發現這
就是她。她不能捨棄這些部分。
不——

啊！發生什麼事了？
美美？沒關係，我們可以再來一次！
我要把牠留下來。
你說什麼？
美美，停下來！
放手！
聽你媽媽的話！
不！我要去演唱會！
不行！快回來！
這簡直是一場災難！李鳴，你怎會讓這種事情發生？她這輩子都毀了！
老婆，不會有事的……
她怎麼可以這樣對待自己的媽媽？
老婆？
不好了！

噗
4-TOWN
美美？你來了！
你來這裏做什麼？
我放不下。小熊貓就是我的一部分，你們也是。
你讓我們背了黑鍋。
我知道，對不起。我從小到大都太過在乎媽媽的看法，我很怕失去她的認同。
但我更怕失去你們！
4-Town萬歲？
大力？
4-Town萬歲！
AARON Z.
啊！大力？誰是大力？我不認識他……
真是你吧！
我的天！歡迎加入姊妹團。
你現在是我們的朋友！
太好了！
隨便你們怎麼說，怪人！

4★TOWN
4-Town！
4-Town！
多倫多！
我們來了！
大家準備
好了嗎？
AARON Z.
TOWN
準備
好了！
嘩嘩嘩
美美！

美美，你在哪裏？
嘩！
媽媽？
讓開！
美美，我們要去救你媽媽！
我們要再做一次儀式！
女兒，你闖大禍了！我要終止這一切！
這不是你！
噗
這就是我！

我不再是你的小美美了！我撒了謊！利用小熊貓來掙錢是我的主意，去大力的生日派對也是我的主意，全都是我！
月食儀式，即將開始！各就各位！
美美！不要讓她走出圓圈！
對不起，我不夠好！對不起，我永遠不會像你！
啊！
媽媽！媽媽！你必須在圓圈裏！
快醒醒！對不起！
新怡，賜我力量……
噗
別光站在那裏！
噗
我們來幫你！

大聲點！發自內心地誦唱！
圓圈還未發揮作用！
蹦卡查卡蹦卡查卡。
4-Town也加入了！

在神靈的國度……
媽媽？媽媽！
嗚嗚，對不起，都是我的錯……
我傷害了我的媽媽。我當時太生氣……所以失控了。
我很厭倦凡事都要力求完美。對她或任何人，我永遠都不夠好。
我知道那種感覺總是不停出現，但那不是真的。
來吧。
你會沒事！
對不起。
你不用道歉……因為我是你的媽媽。

願新怡指引你，保佑你平安無事。
我們現在就出去，行動快點。
就這樣嗎？美美要留下小熊貓嗎？
走吧。沒事的。
不，美美，求求你！跟我來吧！
你走得越遠，我就越自豪……
媽媽，我開始長大了。我終於知道自己是怎樣的人。
但……我很害怕這種改變會將我們的關係拉遠。
我也是。
你總是想讓所有人高興，卻為難了自己。如果是我教你這樣做，我向你道歉，所以你不要為任何人再退縮了。

我不會為
此後悔，
對吧？
噗

一個月後……
「我是李美蓮，一到十三歲，我的生活就發生翻天覆地的變化。我和媽媽稱之為……成長的煩惱。」
「宗祠的訪客越來越多。」
準備好了嗎？
開始吧！
大家好！歡迎光臨我們的宗祠！
嗨，我來了！請進來！
我們李氏宗祠是全多倫多最古老的廟宇，也是偉大的小熊貓唯一的家！
一起說「小熊貓我愛你」！
小熊貓我愛你！
美美！

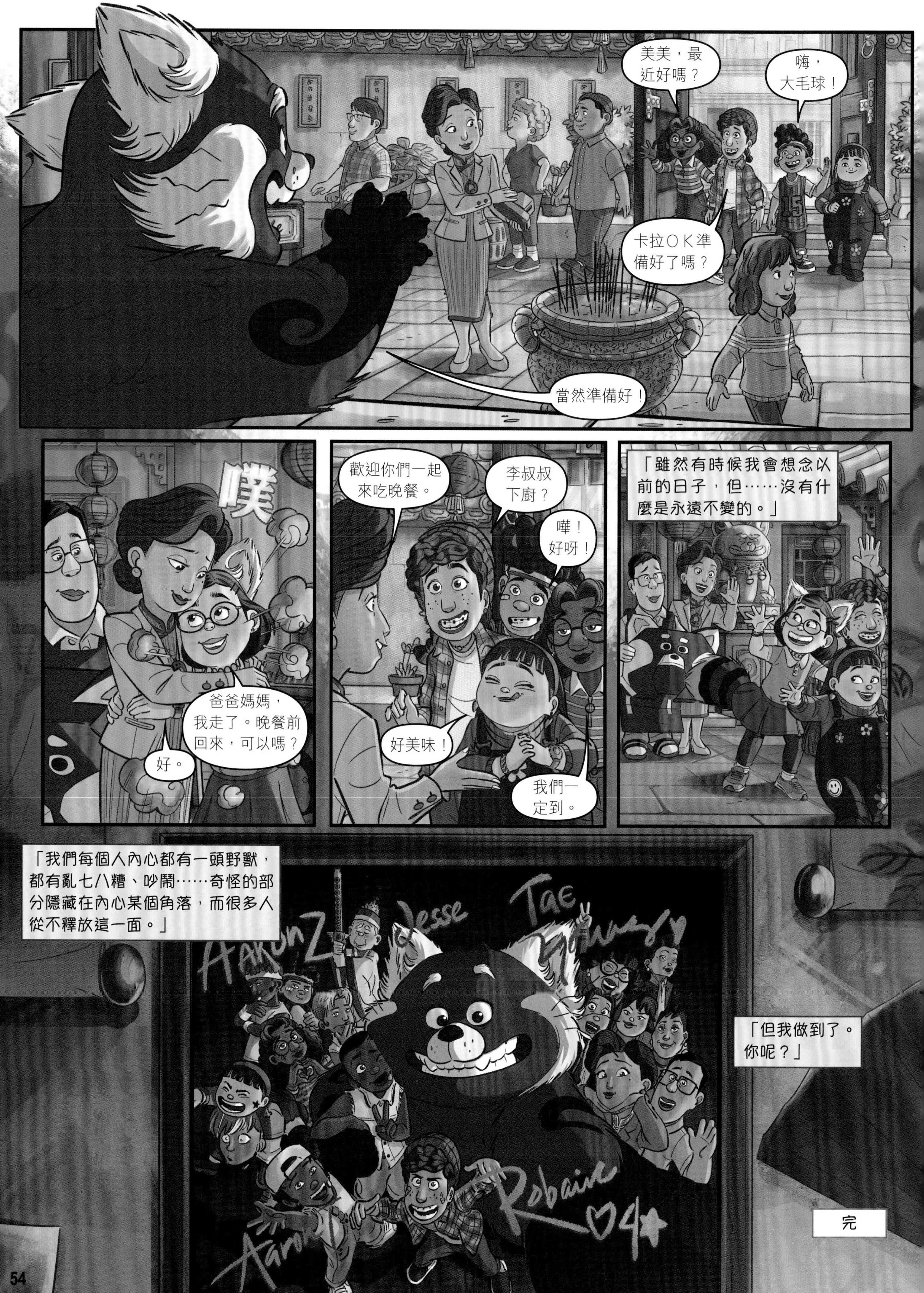

美美，最近好嗎？
嗨，大毛球！
卡拉ＯＫ準備好了嗎？
當然準備好！
噗
爸爸媽媽，我走了。晚餐前回來，可以嗎？
好。
歡迎你們一起來吃晚餐。
李叔叔下廚？
嘩！好呀！
好美味！
我們一定到。
「雖然有時候我會想念以前的日子，但……沒有什麼是永遠不變的。」
「我們每個人內心都有一頭野獸，都有亂七八糟、吵鬧……奇怪的部分隱藏在內心某個角落，而很多人從不釋放這一面。」
Jesse
Tae
Robaire
「但我做到了。你呢？」
完

「媽媽，我開始長大了。
我終於知道自己是怎樣的人。
但我很害怕這種改變
會將我們的關係拉遠。」

——美蓮

熊抱青春記（漫畫版）

改　　編：Amy Chu
繪　　圖：Disney Storybook Art Team
翻　　譯：潘心慧
責任編輯：黃稔茵
美術設計：劉麗萍
出　　版：新雅文化事業有限公司
香港英皇道 499 號北角工業大廈 18 樓
電話：(852) 2138 7998
傳真：(852) 2597 4003
網址：http://www.sunya.com.hk
電郵：marketing@sunya.com.hk

發　　行：香港聯合書刊物流有限公司
香港荃灣德士古道 220-248 號
荃灣工業中心 16 樓
電話：(852) 2150 2100
傳真：(852) 2407 3062
電郵：info@suplogistics.com.hk
印　　刷：中華商務聯合印刷（廣東）有限公司
廣東省深圳市龍崗區平湖街道鵝公嶺春湖工業區 10 棟
版　　次：二〇二二年三月初版

ISBN：978-962-08-7942-5

18/F, North Point Industrial Building,
499 King's Road, Hong Kong
Published in Hong Kong, China
Printed in China